LE
VÉRITABLE TRAVAIL

POÉSIES

Par Frédéric CAMPION, ouvrier.

Le travail est un Dieu, l'argent n'est qu'un enfant ;
Ce dernier des enfers est le plus vil agent.
Le premier est un Dieu, mais par cent mille entraves,
L'autre veut l'asservir au rang de ses esclaves.

Le mauvais sujet, l'homme du mal, s'il embrasse le travail et se fait son disciple, devient honnête homme et homme de bien.

ROUEN,
IMPRIMERIE DE GIROUX,
RUE DE L'HÔPITAL, 25.
1872

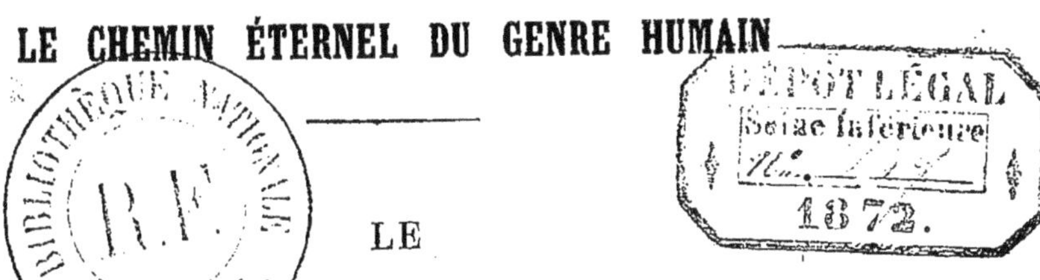

LE VÉRITABLE TRAVAIL

POÉSIES

Par Frédéric CAMPION, OUVRIER.

Le travail est un Dieu, l'argent n'est qu'un enfant ;
Ce dernier des enfers est le plus vil agent.
Le premier est un Dieu, mais par cent mille entraves,
L'autre veut l'asservir au rang de ses esclaves.

Le mauvais sujet, l'homme du mal, s'il
embrasse le travail et se fait son disciple,
devient honnête homme et homme de
bien.

ROUEN,
IMPRIMERIE DE GIROUX,
RUE DE L'HÔPITAL, 25.
1872.

LE VRAI TRAVAIL.

Le travail est un Dieu plus ancien que le monde,
Car lorsque Dieu forma dans sa bonté féconde
L'immensité des Cieux et le vaste univers,
Et tous les éléments et la terre et les mers,
Il se fit ouvrier dans cet immense ouvrage,
Forma le genre humain créé à son image ;
Il nous a révélé cet emblême divin
Pour que tout l'univers et tout le genre humain
Soient soumis à la loi de ce divin mystère,
Et qu'il soit honoré comme le Dieu prospère,
Afin que l'univers et la postérité
Le cultivent pendant toute l'éternité.
Ce Dieu est au milieu de ce peuple qu'il aime ;
Pour tous il est égal et nous parle lui-même,
Montrant à l'univers le sceptre de sa main ;
Il en bénit la terre et tout le genre humain
Disant : Oh ! vous, héros de ce divin mystère,
Soyez, soyez bénis, enfants du même père,
Et que votre splendeur répandue en tous lieux
Soit gravée au séjour du royaume des Cieux.
Votre gloire sera dans tous lieux honorée,
Ni l'âge ni le temps n'en verront la durée ;
Comme l'étoile d'or est dans l'immensité,
On verra les rayons de votre vérité.

L'honneur de votre nom n'est pas une chimère
Où tout est vanité et gloire mensongère,
Ni un nom embaumé sans aucune valeur
Qui passe comme une ombre et comme une vapeur ;
Mais la gloire et l'honneur par vous seront durables ;
Assise sur des lois et des droits véritables,
Tout ce qu'en votre nom la loi aura dicté
Sera inviolable et sera respecté.
Prêtons tous une oreille à sa voix salutaire,
Craignons d'en irriter la funeste colère,
Car sa voix vient de Dieu, le père des humains,
Qui tient tout l'avenir du monde dans ses mains,
Lui seul guide et conduit les politiques stables,
Il préside les lois pour qu'ils soient équitables
Et montre l'avenir du peuple et des cités
Du monde, des états et des sociétés ;
De la patrie il est le timon inflexible
Le ferme gouvernail unique et infaillible,
Pour que tant d'harmonie avec la vérité,
Observe du travail la ferme volonté.
Mettons-le dans le rang de nos dieux domestiques,
Car l'univers est plein de ses bienfaits antiques ;
Il bâtit ses merveilles au soleil, en plein jour ;
Pour lui tout l'univers est son vaste séjour,
Le travail seul nourrit toute l'intelligence
Et produit le génie, les arts et la science ;
Il rend les droits de l'homme et l'oblige au devoir,
Le grandit dans son cœur, lui donne le savoir ;
Son influence seule lui ennoblit son âme
Et nourrit son esprit de sa divine flamme ;
Il le relève en lui et à ses propres yeux,
Lui donne la clarté de se connaître mieux,
Il va aussi fouiller dans le sein de la terre
Pour trouver les métaux, le charbon et la pierre,

C'est lui qui fait jaillir le monument altier
Et couvre de merveilles le globe tout entier.
Le voyez-vous bâtIr ces superbes fabriques
Où brille le talent de travaux magnifiques ?
I.a terre tout entière est un vaste atelier,
Du midi jusqu'au nord tout n'est qu'un seul chantier
Où tous, grands et petits, de bas et haut parage,
Vont tous au rendez-vous prendre part au partage
De l'ouvrage que Dieu a su nous disposer,
Dans l'esprit que sa loi nous a tous imposé.
Là sont tous ouvriers de la tâche commune,
N'ayant qu'un même but, qu'une même fortune.
A tous chacun sa tâche, à sa condition (1).
C'est Dieu qui nous a fait à tous la portion.
Le travail est un Dieu qui porte l'abondance,
A lui seul appartient l'unique récompense.
Honneur, cent fois honneur au travail précieux !
Il est l'ami de l'homme et le chéri des Cieux.
Ne couronne-t-il pas de fleurs et de verdure
La terre tout entière et toute la nature ?
Il cultive la vigne, en reçoit le raisin,
Et sait faire vendange et produire le vin ;
Il couvre les hameaux de biens et de richesses,
Réjouit tous les cœurs d'espoir et d'allégresse ;
La terre tout entière est un riche trésor
De récoltes, de fruits, de moissons, d'épis d'or.
Que chacun prenne part au banquet de la vie,
C'est le droit des humains, le Ciel nous y convie.
Honneur au vrai travail, au père nourricier,
Au divin protecteur du monde tout entier !
Le luxe et la grandeur, le riche et l'opulence,
Le sage et le savant, le faible et l'indigence,

(1) Que celui qui se dira le maître soit le serviteur des autres.

Doivent le même honneur au pied de ses autels
En bénissant le droit de ses lois immortelles.
Oh ! vous, grands écrivains, et vous, sages savants,
Qui cultivez l'esprit de tous vos monuments,
En passant tous vos jours aux études profondes
Qui donnent ces rayons de lumières fécondes ;
Et vous, gens de la plèbe, ouvriers des hameaàx,
Qui cultivez les champs, les vallons, les côteaux,
Qui, du matin au soir, de l'hiver à l'automne,
Vous semez mille fruits que le sol nous redonne,
Sous le pesant fardeau de travaux, de sueurs,
Vous sillonnez la terre au prix de vos labeurs.
Vous, hommes d'atelier, qui toujours à l'ouvrage,
Produisez l'industrie à force de courage,
En travaillant sans cesse au fond d'un atelier,
Pour un modique gain, seul espoir du foyer ;
Artisans, ouvriers de ville ou de village,
Qu'importe votre rang, votre pays, votre âge ;
Hommes de vérité, célèbres écrivains,
Enfants du vrai travail, donnez-vous tous les mains ;
Portez votre clarté, portez votre industrie
Sur l'autel du progrès, la commune patrie.
Voilà du vrai travail la ferme volonté ;
Ce Dieu le veut ainsi dans sa divinité,
Car tout notre produit, toute notre lumière
Appartient au foyer de la famille entière.
Le travail est de tous la chose le plus un,
Car des êtres vivants il est le Dieu commun ;
Il est dans la nature un esprit impalpaple,
Un élément divin d'idée inaltérable.
Voyons autour de nous, tout éclate au grand jour,
Tout travaille et grandit dans un heureux séjour.
Quand partout on le voit s'accroître et nous sourire,
Il rêve dans l'esprit, dans l'air que l'on respire,

Depuis le plus fameux de tous les animaux
Jusqu'au moindre petit de tous les vermiceaux,
Tout bénit le travail et son Dieu qu'il adore.
Chante sa liberté, le jour qui vient d'éclore.
Tout ce qui vit travaille dans un parfait amour,
Pense et soutient le droit que lui donne le jour.
O prodige ! divin secret de la nature !
Vous croissez, grandissez dans la paix la plus pure,
Unis au vrai travail, emblème glorieux,
Vous vivez dans la joie et dans l'amour des Cieux.

LE VÉRITABLE PROGRÈS.

Le progrès est un ouvrier
Qui travaille et qui vit sans cesse,
Et qui apprend sans oublier,
Perfectionnant avec adresse.

Ce sublime ouvrier, appui du genre humain,
Le guide, le soutient, le conduit par la main ;
Le premier en avant, sur la route nouvelle,
Nous montre le chemin de sa loi immortelle ;
Il assied l'avenir des générations,
Civilise et conduit toutes les nations,
Leur donne le savoir, le génie, la science,
L'industrie et l'esprit de la sage prudence.
Ce Dieu, cet ouvrier, ce mystère divin,
S'avance radieux au travers du destin.
Il voit tous ses enfants qui souffrent dans les larmes,
Glissant dans le sentier ténébreux des alarmes.
Mais rien ne peut changer le cours de ses décrets ;
Ce Dieu marche en avant au milieu des progrès,

Toujours vers l'infini, tout à travers les âges ;
Dicte à l'humanité ses lois, ses héritages.
En frayant le chemin du port de l'équité,
Que Dieu nous a promis dans sa divinité,
Cet esprit du travail tient le temps et l'histoire,
Montrant dans l'avenir les erreurs et la gloire.
Il nous montre du doigt les droits de l'avenir,
Et marche le premier afin de l'obtenir.
Ce Dieu dévoile ainsi sa science profonde,
Dont le progrès divin doit affranchir le monde.
Lui seul est la lumière où règne l'équlté
Qui devra au grand jour placer la vérité.
L'homme n'est qu'un roseau faible, frêle et fragile,
Mais un roseau pensant, intelligent, docile,
Dont l'esprit tend toujours vers sa perfection,
En s'élevant vers Dieu, d'où vient sa mission.
Semblable à l'ouvrier actif et vigilant ;
D'un génie supérieur, d'un célèbre talent,
Ouvrier accompli, plein de délicatesse,
Remarquable surtout par sa ferme sagesse,
Fort de sa confiance et de sa fermeté,
Puisant par le travail sa profonde clarté,
Cet homme ingénieux, ce travailleur habile
Se met tout à son œuvre aride et difficile ;
Pleine de difficultés et de mille revers,
Il va de bic-en-coin, de zig-zag, en travers,
L'ébauche entièrement d'une forme grossière,
Recherche et réfléchit pour trouver la manière
Comment il va pouvoir compléter son travail,
Qui doit de son talent présenter le détail.
Il corrige son œuvre pour qu'elle soit bien faite,
Et qu'elle soit enfin terminée et parfaite.
Soudain mille défauts s'offrent encore à ses yeux ;
Il redouble de soins toujours minutieux

En corrigeant partout d'une habile manière,
Pour faire un monument de réussite entière.
Quand il eut tout fini, bien perfectionné,
Il se disait: Je crois n'avoir pas terminé.
Voilà du vrai progrès le modèle et l'image ;
L'esprit du monde entier est son immense ouvrage.

LA VÉRITABLE RELIGION.

Sainte Religion, mère de la science,
Esprit de charité, d'amour et d'espérance,
Refuge des humains, seul espoir immortel,
Soutien promis à tous en descendant du Ciel,
Inflexible niveau de la puissance humaine,
Une et indivisible, en tous lieux souveraine,
Ne pouvant pas tomber dans la voie des erreurs,
Car le travail et Dieu en sont les fondateurs.
Fille chérie des Cieux, ouvrière des âges,
O sœur du vrai progrès, ferme dans tes ouvrages,
Que d'infâmes combats, que de faits odieux
Ont fait trembler la terre et courroucer les Cieux !
Quand tes enfants tombaient sous la trame coupable,
Que leur sang rougissait sa poussière et le sable,
Oh ! combien d'ouvriers et de nobles martyrs
Sont morts sous le poignard du bourreau et des sbires,
Le corps tout déchiré par les bêtes féroces,
En proie à la douleur des engoisses atroces.
Mais le précieux sang fut pour le genre humain
D'une vive clarté le présage certain.
Merci, vaillants héros, innocentes victimes,

Qui avez su braver les erreurs et les crimes
Des tyrans orgueilleux à qui l'Iniquité
Et l'indiscernement cachaient la vérité.
Plus de dix-huit cents ans ont passé sur le monde
Depuis qu'un ouvrier, d'une vertu féconde,
Est venu éclairer le monde et l'univers
Et sauver les humains qui souffraient dans les fers.
Le jour lui fut donné dans une pauvre étable,
Un Dieu est plébéien pour sauver ses semblables.
Ce fut à Bethléem, sur un modeste lit,
Qu'il a reçu le jour au milieu de la nuit.
Dans ce temps le travail était chargé d'outrages,
Asservi sous le poids d'ignobles exclavages ;
Tout à la volonté d'un patron inhumain,
Dont le cœur est barbare, et cruel et hautain.
Battu à coups de fouet, sans aucune clémence,
Etouffant ses chagrins dans un profond silence,
Et souvent, sur le champ qu'il arrosait de sueurs,
Il allait, accablé, mourir sous ses douleurs ;
Pour lui était perdue l'ineffable espérance
De pouvoir adoucir son sort et sa souffrance,
Et d'aller prier Dieu aux marches de l'autel,
Pour arriver au jour du bonheur éternel.
Mais un pauvre ouvrier d'une simple naissance,
Fort de tout son courage et de sa confiance,
Jésus, notre Souveur, auguste Souverain,
Promis depuis longtemps au pauvre genre humain,
Prit naissance ici-bas au milieu des alarmes,
En voyant les malheurs de ses enfants en larmes,
De la commune cause il fut le défenseur,
Prenant tout le fardeau sous son bras protecteur,
Souvent il répétait ce suprême langage :
Consolez-vous, enfants, et reprenez courage ;
Tombez de vos grandeurs, ô vous, riches pervers !

Relevez-vous, petits, les Cieux vous sont ouverts !
Vous êtes tous égaux et frères sur la terre ;
Enfants du même Dieu, de tous il est le père.
Il n'y a qu'un pasteur pour le même troupeau ;
Le plus grand est semblable au plus chétif agneau.
Mais il ne pouvait pas compléter son ouvrage
Et rendre au genre humain le céleste héritage,
Sans répandre son sang et sans se sacrifier,
Et sauver par sa mort le sort du monde entier.
La nature attristée observe le silence,
Mais le Ciel en ce jour fête réjouissance,
Car tout est consommé ; il expire aujourd'hui,
Il a sauvé le monde et tout est accompli.
Voyez son étendard où flotte sa bannière
Aux yeux du genre humain et de la terre entière,
Où brille avec éclat sa loi et sa clarté,
Dictée par le Très-Haut dans sa divinité :
Aimez votre prochain, car il est votre frère,
Vous êtes tous égaux devant Dieu votre père.
Voyez à l'horizon le flambeau glorieux
Dont l'immense clarté rayonne dans les Cieux !
Il s'est enfin levé, ce beau jour de lumière
Où les flots oublieux vont couvrir de poussière
Les siècles de souffrance et d'amères sanglots
Dont les larmes n'ont pu apaiser tous les maux,
Les restes du passé, les débris d'un vieux monde,
L'obscurité, l'erreur, l'ignorance profonde.
Le soleil du progrès s'est levé radieux ;
Un jour pur et serein vient éclairer nos yeux ;
Il nous montre le temps, l'avenir et les âges.
Et trace le chemin qui conduit aux rivages
De la terre promise à tout le monde entier
Par le divin Sauveur, le sublime ouvrier.
Entendez-vous là-bas, au pied du sanctuaire,

Deux hommes dire ensemble une même prière ?
Ils sont à deux genoux aux marches de l'autel,
Priant le même Dieu, les yeux levés au Ciel.
Le premier est vêtu d'un manteau magnifique
Dont le tissu est plein d'ouvrage mosaïque,
Bordé de franges d'or d'une riche valeur ;
Cet homme, c'est un roi ou c'est un empereur.
L'autre est enveloppé par de rudes cilices
Qui cachent de son corps toutes les cicatrices,
Son cœur est abattu de poignantes douleurs,
Son visage attristé est inondé de pleurs ;
Il rend hommage au Ciel d'être aussi son ouvrage
Et d'avoir une part au céleste héritage ;
Car il est affranchi, malgré mille revers ;
C'est un esclave enfin qui vient rompre ses fers.
Tous deux ils disent à Dieu une même prière.
Réunis aujourd'hui sous la même bannière,
Les hommes sont égaux devant le Créateur ;
Il n'y a qu'un bercail pour le mômo pasteur.
Devant Dieu la grandeur s'abaisse et s'évapore ;
Le petit se grandit, se relève et s'honore.
Le temps passe et s'enfuit sans espoir de retour,
Et Dieu compte nos ans et nos jours tour à tour.
Sa justice divine est lente en apparence,
Mais en réalité sa gloire et sa puissance
Dictent à l'humanité ses immortels décrets
Dont nul ne peut changer les suprêmes arrêts.

Merci, grand Plébéien aux doctrines sublimes,
Toi qui vins expier nos erreurs et nos crimes ;
Oh ! mille fois merci, disciple du travail,
Qui as su rappeler les brebis au bercail !
Que le sublime écho de ta bonté divine
Rappelle au genre humain ta loi et ta doctrine ;

Que le règne de Dieu, que tu dois apporter
Au jour où ta grandeur doit se manifester,
Arrive parmi nous, afin que sur la terre
Ta ferme volonté en tous lieux soit prospère ;
Car la terre et les cieux passeront désormais,
Seule, ta volonté ne passera jamais !

LA COMMUNE, IMAGE DE LA CHARITÉ.

Quand le Seigneur forma le monde
Et tout l'univers de ses mains,
Il fit dans sa bonté féconde,
La charité chez les humains.
Pour le miroir le plus fidèle
De ses travaux ingénieux,
Il a formé pour vrai modèle
La mère Commune à nos yeux.
La Commune est toute féconde,
Mère de tous ses habitants,
Tout comme la terre est au monde,
Comme la patrie est aux gens.

La Commune ressemble aux mères de famille
Qui aiment également leurs garçons et leurs filles,
Les appellent en tous lieux sous le même foyer,
Leur prodiguent les soins d'une pure amitié ;
Elle est comme la poule appelant ses poulettes,
Qui les guide partout, leur cherche des boulettes ;
La Commune protége ainsi ses habitants ;
Pauvres, grands et petits sont ses mêmes enfants.
Quand la nature et Dieu nous offrent cent modèles,
Répondons à leur voix, n'y soyons pas rebelles.

Car c'est sur ces vertus où tout vient s'appuyer
Que se base la loi du monde tout entier.
Que ce tableau vivant donné par la nature
Soit à l'humanité une leçon future
Pour que la Charité, cette fille des Cieux,
Soit de tous les vivants le gage précieux ;
Que, vivant pour toujours au cœur de la Commune,
Elle offre ses trésors selon notre infortune.
La Commune est le corps selon l'esprit de Dieu ;
L'ensemble ne fait qu'un et ne fait qu'un seul vœu,
Car si l'un des enfants de la mère Commune
Succombait sous le poids d'une amère infortune,
Ou dans son lit malade, en proie à la douleur,
Le corps doit ressentir tout le poids du malheur.
C'est pourquoi la Commune au cœur vraiment sincère
Doit alléger le poids de sa douleur amère,
En appelant ses fils, tous ou bien tour à tour,
Leur disant : Mes enfants, allez porter secours
Jusqu'au simple foyer d'un semblable, d'un frère
Qui souffre et qui gémit, accablé de misère.
Défrichez, cultivez son champ et son jardin,
Pour vous c'est un travail d'un dimanche matin.
Vous finirez, je pense, avant l'heure de la messe,
Et vous aurez porté l'espoir et la richesse
Jusqu'au sein du foyer d'un frère, d'un ami,
Et donné le bien-être au cœur de son logis.
Le malade verrait, dans sa simple chaumière,
L'abondance arriver, aura l'âme plus fière,
Et pas un ne sera chargé d'aucun impôt,
Et vous aurez ainsi conjuré tous ses maux.
Aidez-vous tous, chacun selon votre fortune,
Qu'un seul et même amour anime la Commune.
Amis, si vous cherchez la route du Seigneur,
Et si la charité règne dans votre cœur,

Marchez dans ce sentier d'honneur et de sagesse,
Et partout sous vos pas paraîtra la richesse.
Jamais l'impureté de l'homme ambitieux
Ne troublera le toit de l'homme vertueux.
On verra l'orphelin et le faible pupille
Trouver en ton foyer un florissant asile.
L'ouvrier cueillera le fruit de son labeur
Sans craindre du rapin le doigt usurpateur ;
Toutes larmes seront taries en ton enceinte,
Car jamais ta Cité n'entendra une plainte.
Le vieillard dont les ans blanchiront les cheveux
Coulera dans la paix ses derniers jours heureux.
De tes belles vertus l'éloge au loin semée
Redira en tous lieux ta riche renommée ;
Car, semblable au grand chêne autrefois arbrisseau
Qu'un célèbre ouvrier retira du ruisseau,
Dont la tige aujourd'hui va jusque dans la nue,
Ta renommée ainsi bien loin sera connue ;
Chacun, ivre de joie, au coucher du soleil,
Bénira le retour du matineux réveil ;
Le bonheur, triomphant de tes longues années,
Sans cesse renaîtra avec chaque journée.
Ainsi le long tissu de tous tes ans d'amour,
Tout comme le ruisseau qui coule chaque jour,
Passera doucement d'une source féconde,
Tes jours seront bénis ainsi de tout le monde.

LE VÉRITABLE OUVRIER.

Quand un jeune ouvrier eut fini sa journée,
Que sa tâche du jour fut enfin terminée,
Il revint au foyer de son simple logis,
Où il devait do. mir en paix toute la nuit.
Passant par un chemin tortueux et rapide,
Près d'un ravin profond, au creux sombre et humide,
Où l'ouragan du jour avait à gros ruisseaux
Déroulé par torrents, dans le courant des eaux,
Ce qu'il avait trouvé dans sa course en furie,
Et l'avait entraîné en monceaux de débris,
Quand soudain à ses yeux s'offre un jeune arbrisseau
Battu par la tempête et renversé par l'eau.
Sa tige semblait dire : Ah ! soutiens ma faiblesse,
Protége si tu peux ma fragile jeunesse ;
Dès mes plus tendres ans j'ai regret de mourir ;
Je suis tout plein de vie, oh ! pourquoi tant souffrir ?
Puis le jeune ouvrier, dans un profond silence,
S'approche du ravin où tombe l'avalanche,
Regarde le torrent qui coule avec fracas,
Relève l'arbrisseau en se disant tout bas :
Si j'étais comme lui battu par la souffrance,
Sans appui ni secours, sans aucune espérance,
Ou si dans ce ravin j'étais près de tomber,

Courbé sous la douleur, qu'il fallût succomber !
Relevant l'arbrisseau dont la tige meurtrie
Roulait dans le ravin au chemin de voirie,
Le replanta plus loin, et faisant plusieurs tours,
Disant : Tu grandiras, tu vivras de longs jours.
La brise d'un beau soir agitait son feuillage,
Qui semblait lui sourire en son serein langage
Et dire : Ami, merci, toi seul m'as entendu ;
Mais songe qu'un bienfait ne peut être perdu.
Quand du jeune ouvrier la besogne fut faite,
Qu'il eût l'esprit content et l'âme satisfaite,
Il reprit le chemin qui conduit au hameau,
Se détournant souvent vers le frêle arbrisseau,
Tout en disant en lui : Combien l'âme est tranquille
Quand le bien que l'on fait peut devenir utile !
Il goûta du sommeil heureux du vrai bonheur :
La conscience pure est l'oreiller du cœur.
Le petit arbrisseau vint dans d'autres années
L'arbre le plus fameux de sos avoisinés,
Car il devint si beau et si majestueux,
Que sa cime atteignait les nuages des Cieux.
Les oiseaux d'alentour dans ses épais feuillages
Venaient faire leurs nids et chanter leurs ramages.
Les rondes, les plaisirs et les jeux du hameau
Avaient leur rendez-vous sous ce joyeux berceau.
L'étranger curieux qui passe et fait sa ronde
Se dit : J'ai vu partout les chefs-d'œuvre du monde,
Mais jamais je n'ai vu rien d'aussi radieux,
Non, non, rien d'aussi beau n'a point frappé mes yeux.
L'histoire répandue en toutes les contrées
Fut un joyeux récit dans les longues soirées ;
Chacun la fredonnait au foyer du vallon,
On la chantait aussi jusque dans le salon.
Le bien est accessible aux gens de tout parage.

Qu'importe notre rang, notre pays, notre âge ?
La charité prodigue en tous lieux ses bienfaits ;
Pauvres, grands et petits sont ses mêmes sujets.
Une grande action qui vient de la richesse
Souvent n'est que le fruit d'une fausse sagesse ;
Quand le bien est restreint par la cupidité,
Il démasque souvent une ample vanité.
La plus moindre action, quand elle est généreuse,
Dévoile la candeur de l'âme vertueuse.
Le bien que nous faisons ne prend de la valeur
Que quand il est dicté sincèrement du cœur.

LES SAGES CONSEILS D'UNE MERE.

Un jeune villageois de notre voisinage
Voulut à son bon gré entreprendre un voyage,
Mais sa mère, dit-on, voulut à son réveil
Lui donner en secret ce vertueux conseil :
Mon fils, écoute bien les avis de ta mère,
Qu'ils soient de ton esprit la loi ferme et sévère ;
Crains la société et pour sauvo conduit
Ne t'occupe jamais des affaires d'autrui.
Cela dit, il s'apprête à quitter le village,
Prend congé de sa mère et se met en voyage.
Pandant deux ou trois jours il suivit son chemin ;
Les rayons du soleil, la fraîcheur du matin
Coloraient du côteau la vivante nature,
Déroulaient à ses yeux la fertile verdure ;
Tout lui faisait prévoir l'avenir d'un beau jour,
Le voyage pour lui est un heureux séjour.
Mais quand il eut marché ainsi quelques journées,
Il trouva trois marchands qui faisaient leurs tournées,
Bonrse pleine d'argent et gens de bon entrain ;
Il fit leur connaissance en faisant son chemin.
Où irons-nous coucher ? — Je suppose au village ;
Mais il nous faut passer un bois, un ermitage.

L'esprit du villageois, occupé en secret,
Se rappela soudain de cet avis discret
Que lui donna sa mère au jour de son voyage :
Mon fils, écoute bien, dans ton pèlerinage,
Crains la société ; pour ton sauve-conduit,
Ne t'occupe jamais des affaires d'autrui.
Puis, étant arrivé aux chemins de voirie,
Il dit à ces Messieurs : Pardonnez, je vous prie,
Mais j'ai pressant besoin de suivre cette route ;
Adieu donc, au revoir, Messieurs, quoiqu'il m'en coûte.
Il prit ainsi congé de ses trois compagnons
Et suivit du sentier les tortueux vallons.
La course du soleil terminait sa carrière
Et la clarté du jour pâlissait sa lumière.
Se voyant éloigné, seul au milieu du bois,
Il cria tant qu'il put du plus fort de sa voix.
Voyant dans le lointain une faible lumière,
Il marcha vers le lieu : c'était une chaumière.
Il demande un asile ; on lui répond soudain :
Entrez, bon voyageur, vous partirez demain.
Voyant près du foyer une dame voilée
Qui étouffait les pleurs de sa voix désolée,
Il aurait bien voulu pénétrer ce secret,
Mais il se rappela de ce conseil discret
Que lui donna sa mère en quittant le village :
Ne te mêle jamais de personne en voyage.
Dès le matin suivant, quand il ouvrit les yeux,
Avant que le soleil n'eût répandu ses feux,
Il attendait enfin que l'on vint l'avertir
De faire ses apprêts pour se mettre à partir.
On frappa à la porte, on ouvrit la serrure,
Du maître il aperçut la robuste figure.
En voyant sa présence il fut saisi de peur,
Son visage changea d'une pâle couleur.

Pourquoi te troubles-tu ? dit le maître sans gêne ;
Ne crains rien dans ce lieu et ne sois pas en peine.
Mais réponds-moi, dit-il, comment en mon logis
Es-tu venu frapper à ma porte, la nuit ?
Quand tu vois une dame étouffant ses alarmes,
En proie à la tristesse, amaigrie par ses larmes,
Tu restes insoucieux sans plaindre ses douleurs
Et ne t'informe pas du sujet de ses pleurs !
Ceci, répond Martin, ne me regarde guère ;
La curiosité souvent est mensongère.
Ce qui est sur le feu, quand ce n'est pas pour moi,
Je le laisse brûler et j'ai raison, je crois.
Tu parles, mon ami, d'une prudence sage.
Mon histoire est étrange ; écoute avec courage,
Approche de ce lieu, regarde tous ces clous,
Vois comme c'est fermé par ces doubles verroux ;
Approche, voyageur, regarde ces victimes,
Leur curiosité seule a été leurs crimes.
De cette pauvre femme ils ont sondé le sort ;
Ce crime téméraire est cause de leur mort ;
Ils ont voulu savoir ce qu'avait ma mégère ;
En voulant pénétrer mon étrange mystère,
Ils ont subi le sort de leur témérité ;
Tu les vois tout sanglants dans cette obscurité.
Mais l'ange qui conduit et trace ton voyage
T'a montré des vertus le chemin droit et sage.
Regarde du soleil les rayons du matin ;
Tu peux sous sa clarté suivre droit ton chemin.
Le jeune villageois, la poitrine oppressée,
Poursuivit le chemin humide de rosée.
A une lieue de là il arrive au hameau ;
On lui apprit enfin qu'au-delà du côteau,
Trois hommes cette nuit étaient assassinés,
Que c'était trois marchands revenant de tournée.

Martin se dit en lui : Mes compagnons sont morts,
J'aurais assurément subi leur même sort
Si j'avais continué avec eux mon voyage
Pour arriver ensemble au plus prochain village.
Notre vie est un songe, un voyage d'un jour,
Qui passe et qui s'enfuit comme l'eau dans son cours.

Quand nous passons le seuil pour nous mettre en voyage,
Au travers les périls de ce pèlerinage,
Suivons le beau conseil pendant notre chemin,
Marchons à la clarté d'un jour pur et serein ;
Profitons du banquet que nous donne la vie,
Sans être curieux ni corrompu d'envie.
Apprenons de bonheur qu'il faut vivre ignoré,
Car c'est par ce moyen qu'on se voit honoré.
Car la société nous enseigne le vice
Et nous conduit souvent au bord du précipice.
Approchons-nous du sage, écoutons son conseil
Pour suivre le chemin pendant notre réveil.

LE FAUX TRAVAIL OU L'ARGENT.

O vous, petits et grands, de bas et haut parage,
Ne faites point mépris d'un sévère langage.
Ceux qui de nos erreurs nous instruisaient jadis
Etaient sincèrement de nos meilleurs amis.
Gardez pour un moment un silence docile,
Et portez vos regards sur ce monde fragile,
Distinguez le plein jour d'avec l'obscurité,
Démêlez les erreurs d'avec la vérité,
Vous tous qui gémissez dans l'amère tristesse,
Opprimés ignorants dont le sort m'intéresse,
Approchez votre oreille et venez écouter
Toutes les vérités que je vais raconter.
Le travail vient des Cieux, mais par cent mille entraves,
L'argent veut l'asservir au rang de ses exclaves.
Dans ce monde inquiet l'homme toujours attend,
I l demande, il désire, il n'est jamais content.
Trompé par son argent, aveuglé d'avarice,
Marche dans la nuit sombre au bord du précipice,
Avance aveuglément au chemin de l'erreur,
Et tombe sans savoir dans la voie du malheur.
Dieu l'avait bien prévu dans ses clartés divines ;
Il l'avait tout couvert de bruyère et d'épines,
De bois et de buissons, de fleurs et de rosiers,

Dans le flanc de la terre il les avait confiés ;
Mais l'homme dont le cœur est corrompu de vice
A voulu pénétrer au fond du précipice,
Et a trouvé de l'or, ce limon corrupteur
Qui flétrit l'existence et dessèche le cœur.
C'est de par cet endroit que l'enfer en furie
Vomit tous les démons qui charment notre vie.
Hélas ! ils ont partout infesté notre esprit
De leurs impuretés, de leur souffle maudit ;
Partout ils ont semé cette graine de crimes
Qui germe sans culture et fait tant de victimes,
Et tout comme un serpent se cachant sous les fleurs,
Glissent à la sourdine au fond de tous les cœurs,
La noire ambition, l'avarice et l'envie,
Et toutes les horreurs qui infestent la vie.
Mais de tous les démons le plus funeste agent,
Ce fut le faux travail, ce fut le vil argent.
Ces démons imposteurs, ces êtres implacables
Soufflèrent tour à tour leurs desseins détestables,
Tentèrent les esprits, séduisirent les cœurs,
En fascinant les yeux par leurs appas trompeurs.
D'un langage hypocrite et tout rempli d'adresses,
Promettant de l'argent, de l'or et des richesses,
Fabriquant à plaisir des grands et des rentiers,
Des nobles et des seigneurs, des riches financiers,
D'immenses superflus, de superbes équipages,
Des tours et des créneaux, de vastes appanages,
Des places pour briller au faste des grandeurs ;
Par des titres, des rangs, des emblèmes d'honneurs,
Des parures enjouées de luxe et de caprice,
De splendides châlets et des mets de délice,
Vivant d'illusion, de joie et de plaisirs,
Au milieu des ébats, selon tous leurs désirs ;
Ils poussent notre esprit dans des routes perdues

En disputant à Dieu les louanges qui lui sont dûes;
Ils osent en offenser sa suprême bonté
En se donnant des noms qu'il n'ont point mérité.
Ivre de l'opulence, avide de grandeurs,
Enflé de vanité et de frivols honneurs,
Comblé de superflus que donne la richesse,
Abreuvé de plaisirs, de honteuse mollesse,
Son âme est éperdue à l'ombre des beaux jours,
Croyant des vains flatteurs les futiles discours.
Ainsi le faux travail imposa son empire
Au milieu des vivats, du trouble et du délire.
Tout le monde applaudit de la voix et des mains,
Et, placé sur un trône au milieu des humains,
C'est de là qu'il dicta ses oracles immondes
Et qu'il fonda sa loi au milieu de ce monde ;
Et puis lors qu'en tous lieux régnait la vérité,
On a placé partout la noire iniquité.
Oh ! jour infortuné, quel esprit tu fis naître !
C'est l'enfer, c'est Satan que tu fis apparaître,
Ce géant des enfers, cet esprit implacable
Dont l'aspect tout hideux paraît si formidable,
Que tout le mont Etna en est épouvanté,
En le voyant vomir ce limon infecté ;
Ce torrent de démons, de dards et de vipères,
D'où naissent les erreurs et toutes les chimères,
Sous mille formes alors ces esprits infernaux
Rampent par tourbillons de monstres tout nouveaux.
En un clin d'œil on vit partout naître en tous lieux
Des cohortes de maux, de crimes odieux ;
Puis la soif de l'argent, l'amour de la richesse
Partout dénatura la divine sagesse ;
Il traîna avec lui un véritable essaim
De malheurs et de maux parmi le genre humain,
On vit ces factions de brique et de cabale

Qui trouble des vivants la paix en générale.
Ainsi le sang, le meurtre, et le fer et le feu,
Hélas ! tout fut permis, tout ne devint qu'un jeu.
Il alluma le feu de ces guerres civiles
Qui arrosent de sang le pavé de nos villes,
Arma mille ramparts de fragiles mortels
Pour attaquer les dieux, renverser les autels.
Le sang à gros ruisseaux coule dans la poussière
Et sème la terreur sur la famille entière.
Il renverse et détruit les villes, les cités,
Fait un pillage affreux des moissons dévastées.
Sur le lieu tout sanglant de ses combats féroces,
Au milieu des dégâts, de ses débris atroces,
Tandis que tout gémit sur ses présents malheurs,
Il couvre de lauriers les féroces vainqueurs.
Il vend effrontément le sang de sa patrie,
Livre tous ses enfants, en marchande le prix ;
Un jour il a vendu son Dieu, notre Sauveur,
Trente pièces d'argent en furent la valeur.
Redoublant de fureur, d'audace et de malice,
Il étale partout la ruse et l'artifice,
En soufflant en tous lieux, par mille et cent moyens,
La discorde entre nous pour mieux river ses liens.
Il a maudi le jour où naquit dans le monde
Le Dieu de vérité dans sa bonté féconde ;
Il a semé le vice et la corruption
Même jusqu'aux saints lieux de la religion
En osant profaner le sein du sanctuaire
Et trafiquer le prix d'une sainte prière.
Il partage des noms, des titres vaniteux,
De gros appointements et des habits pompeux.
Fuyez d'auprès de lui, pauvre peuple en guenilles,
Faites place au rapin du pain de cent familles.
L'argent, le faux travail, cet esprit de l'erreur,

Planta plus hardiment son drapeau imposteur.
Et pour mieux réussir à trafiquer le crime,
Il creusa chaque jour le gouffre de l'abime.
Le travail aujourd'hui est sans protection,
Jeté à tout hasard sans rétribution ;
Il le met à l'encan, au rabais, il le crie,
Semblable à une proie qu'il jette à la voirie,
Qu'une bande de chiens déchirent en fureur.
L'argent déchire ainsi le fruit de nos labeurs ;
Il vole à l'ouvrier la force et la jeunesse ;
Sans aucun avenir au jour de la vieillesse,
Ou lui prend son produit, son travail et son pain,
Dérobant son labeur, espoir du lendemain.
Voyez ce front ridé sous le poids de son âge,
Dont la force aujourd'hui ne sert plus son courage,
Ses bras sont engourdis, il ne peut travailler,
On le renvoie mourir en son pauvre foyer.
Mais il n'a point fini de ruse et de malice,
Il lui faudra encore bien d'autres artifices.
Que lui importe, à lui, la pluie ou le beau temps,
Ou le froid des hivers, ou les mauvais printemps,
Que la récolte soit bien ou mal avenue,
Pourvu que sa fortune en rien ne diminue ?
Il a brisé du cœur l'esprit intelligent,
Il veut sucer du corps et la vie et le sang.
Le pauvre mobilier de la simple chaumière,
Qu'épargne l'ouvrier pendant sa vie entière,
Il le charge d'impôts, de contributions,
Pour payer tous les frais des grosses pensions.
Voyez à l'horizon la foudre qui s'apprête,
Qui va tout en courroux gronder sur notre tête ;
Les rangs et les honneurs, tout va être entassé
Et va s'anéantir dans le flot du passé.

Notre esprit n'est qu'un souffle, une ombre passagère,
Et le corps qu'il anime, une cendre légère
Qui, bientôt étouffée par l'invincible mort,
Subira tour à tour l'impitoyable sort.
Nous avons vu tomber les plus illustres hommes,
Pourrions-nous ignorer, poussière que nous sommes,
Qu'il faudra rendre un jour notre dette au destin,
En payant au tombeau ce lugubre butin ?
Oui, oui, tout franchira ce terrible passage,
Le riche, l'ouvrier, le sot comme le sage ;
Nous avons beau vanter nos futiles grandeurs,
La tombe confondra et nos joies et nos pleurs :
Nous sommes tous égaux malgré nos préjugés,
C'est par le même Dieu que nous serons jugés.

Rouen, imp. Giroux, rue de l'Hôpital, 25.